Cor
pos

Arthur
Lungov

Corpos

Arthur Lungov

ilustrações de

Mariana Reyna

Para Lucas, André e Olga,
que nunca deixaram
de me acolher e criticar.

Como esperar que você compreenda
o milagre da carne
abrindo espaço, fibra a fibra
a partir de meio centímetro de vida?

FRANCESCA ANGIOLILLO

lesões

foi a primeira vez em que nós fomos
apenas corpo, apenas corpos, nós
que antes éramos aço e músculos,
músculos e aço agora enlaçamos o pó

TARSO DE MELO

As unhas saem dos dedos.
Os dedos saem das mãos.
Cavem a terra cavem.

AUGUSTO DE CAMPOS

Caminho

rasgos
na pele

sendas abertas
traçadas

prefere fazer as vezes de
campo percorrido e
marcado

gente que não tem medo
de cartografar as
próprias vias

que jamais enterrou sem cruz
algo ou alguém
nas beiras
de si

Moldura

desse nome destrinchei
uma espinha
de peixe

nua
seca
branca

busquei carne
e surgiram
pontas

em cartilagem
e osso
romper e
rasgar
se torna muito mais
difícil

Território

amarrar-nos
no espaço
tomado

expulsão que conquista
os mortos
alheios

na terra batida e revirada
erguemos com as mãos
um sol de barro torto
que brilha seco e frio
e racha

Filé

assim como anda
o templo rui

templo dentro do templo

que disseram cortaram
mediram

a multidão fica de pé
corre
avança
arranca
nacos
de fibra

caímos na fome
do outro
como surgimos do apetite
de nossos pais

Bandido

cangaço próprio
é furtar-se
de ser cabeça decepada
ser pedaço
amarrado
não ser vitrine
do inóspito

Cruz

me vi gente
aos quatro anos

uma abelha que me fincou
o nariz

quase foi
o olho

quase foi
por dentro

sempre a primeira dor
que nos pare

Escala

sopro
de trompete

em algum canto
berrando gemidos moídos
interrompidos

em ilusões
de improviso

nervo exposto que pulsa
cospe
encanta

se realimenta
em torções

Grafia

arrancado do vazio quando
cifrado

batismo cesárea preciso
e violento

corte transversal
rasgo reflexo

apontam fosse bicho
até surgir
em verbo

Vendaval

recoberto contido
sopro que treme
leva

arrasta arranca brusco
arremessa sem dó pros cantos
tranquilo

manso tão logo
o campo vazio

um movimento
calado

Moscarda

curvas cruzadas
por linhas fortes
feito os desenhos abstratos
das vanguardas
soviéticas

incompreensível
o rosto é in-
compreensível
senão por jogos
geométricos

o traçado não acusa
os anos no colégio
de padres
ou a maneira de girar os
pés feliz

mas traça fundo

uma equação de saldo
imprevisto

impossível
é impossível desenhar o
rosto
sem ser antes
forma

Reverso

inteiro invertido
: cartilagem exposta
como feridas feitas
por si só

Polaroide

congelado modelo
emboscada lembrança
por quem faz questão de
restar

como uma bela mostra
de borboletas
alfinetadas

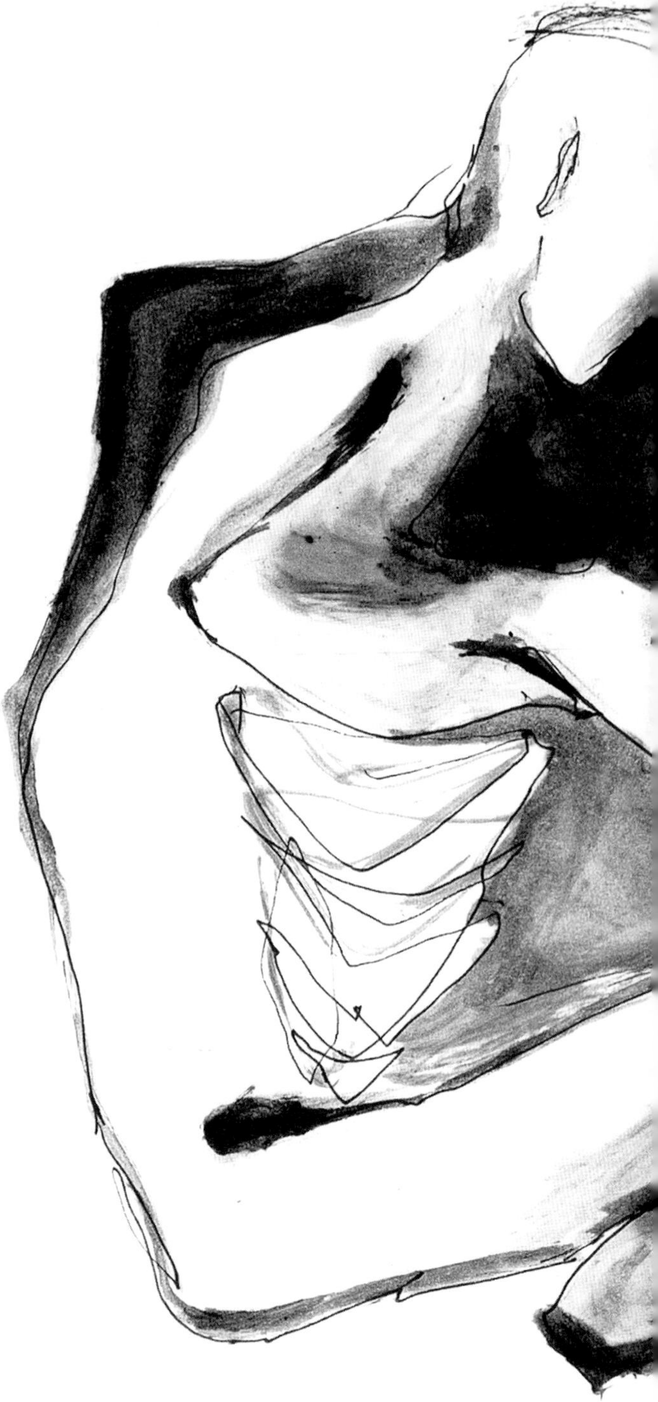

Faca

menos ainda
que lâmina
só entalhe só
corte

vazio inciso
que no tecido
fino toca
e repara

na sutura
de coser negativo
fechando novo
rasgo

contraste atravessado

Temporal

entre um aplauso
e outro
prender o som
dentro e esperar
o trovão
estourar

nos intervalos do rugido
a procura por síntese
na demora
domestica

Decadência

abaixo abaixo
abaixo
abaixo abaixo
abaixo

em cambalhotas

como uma brincadeira
de criança

às gargalhadas

Mingus

jo
rro

ataques sem
dó

os ombros
sarac
oteiam
pelos

lados

a cabeça bai-
xa seconcentra
em e x i s ti r

misto de desist
ência
e
louvor

pergunta respond

ida

em um baque

vindo

não se sabe
dond

uma agressão
feito
reza

um ataque
feito
assovio

leveza triste
acabrunhada por
ser

só

como surgimos

do anonimato
do
impro
vis

o

em um

salto

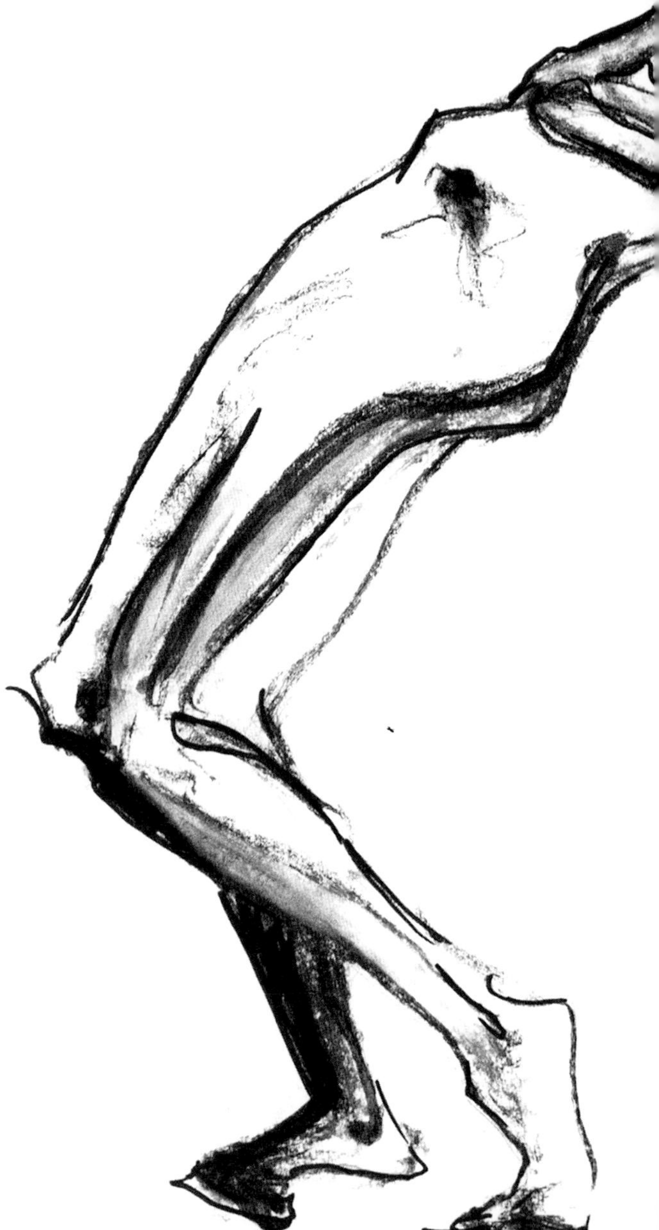

Bagaço

fruta inteira núcleo
caroço frouxo
fibroso mas
fechado

bichadas suas fibras
mas de bicho capaz
que não faz apodrecer
só consome

e no consumo
some ele próprio
fiel ao seu papel
de calabar

Antro

o peito treme
ao falar muito
de si

medo de dividir o pouco
que reuniu

ladrão que corre com o roubo
vira a esquina
mal acredita
que escapou

perguntam acusando

exigem algo
de volta

o peito trêmulo
de dizer e
dividir:
a garantia de se manter
butim

Cascata

escorrer uniforme

água deslizando clara
às rochas

disfarce
do passar
e explodir

Lacuna

relevo duro
sombreando
formatos

xilogravura indistinta

artesanato que entalha
quieto

sem mostrar
sem
rastro

Casa

com os quartos
tomados

cantos fraternos
evacuados
sem vestígio

corcovando
adentro

crivando cistos
na memória

Furo

quando expulsar daqui
o que é meu

sobra tanto quanto esperava
encontrar
nas grossas dobras
mascarando
uma finura feia
e longa

quando expulsar daqui
o que é meu

restam agulhas fios vãos e
arames

andaime
só fibra couro
que não ocupa
nem habita

Resistência

sob calor grilhões varas
e lanho e archotes
e diáspora
e captura
e delação

e o nariz
largo
curvo
longo

e os olhos
claros
negros
cegos

e os músculos
frouxos
quietos
postos

e os rostos
angulosos
pesados
quadrados

respirar firme
pausado
de pé
os braços tensos
ao lado

legado
de quem durou
tanto
contra tudo

qual fossem todos monumentos
e canhões

Cicatriz

estendido calado

a pintura rupestre
que nos feriu
pro lado
de cá

em golpes e
pilhagens

Perplexo

voltado para si
esperando rugir

a explosão surge
repentina

: as paredes do tórax
continuam
em pé

o próximo movimento
igual ao último
apenas mais
distante

o tempo da ação
já acabou

o romper vem do centro
ou se cala

Banquete

na dilaceração miúda

no comer pelas bordas

em
bocadinhos

até o osso
até o
seio do troço todo
ainda se aguenta anos

Sertão

sem nuvem não adianta dançar

mais vale fazer
fumaça
castigando a terra com os
pés

quem racha seco
precisa exprimir fora
o mar de si
e aprender
a vazar

∞

cantar vazio da mó
que no imolar de dentro faz
um sol rugindo
branco
duro
centro

rocha bicho
escavando
toca em espaço
composto

larva cascalho
sempre cega e
voraz

ressurgindo

gestos

O corpo dá a medida e as dimensões do mundo; o que é verdade na ordem linguística, na qual, segundo o uso universal das línguas, os eixos espaciais direita/esquerda, alto/baixo e outros são apenas projeções do corpo sobre o cosmo. É por isso que o texto poético significa o mundo. É pelo corpo que o sentido é aí percebido.

PAUL ZUMTHOR

Agora, desabotoa-me a pele
atravessa-me.

Veste-me teu corpo
de seda e silêncio.

MÔNICA DE AQUINO

Mapa

vigio essas mãos
preocupado

não sou cigana

caio na incerteza
do que terão coragem
de traçar

leio trilhas
curvas
que terminam sem se
fechar

algumas somem

essas cativo com
cuidado

Noturno

boca estrelada

do fundo rouco
chamasse em grunhidos pra perto
de si

quiçá esse
céu
calado
cuspisse fora
os presságios que tanto
li
por tão pouco

Ponte

esticado de bruços
entre as bordas
do precipício
é mais fácil ser kafka
que pedestre

ser passagem
não é ofensa

ser passado é até
natural

Cinema

cinemascope-faísca
começo cinza
           de julho

por contraste a visão
se desloca

charme dual que surge
na liberdade
da paleta

Carnaval

jamais catequizado

totem absoluto
e herdado

canibal
táctil
factível

real de um jeito
sensível

brotamos dessa mata
sem saber
rezar

a marcha cessa
sem nos interromper

Bruma

fiapo tosco
informe
enterrado defunto
na amplitude
sem fôrma ou
norma
sem qualquer tipo
de exatidão

fácil forte
brota revolto
no difícil
de surgir solto

e assim leve
que já sumiu
ao engolir
o chão

Lavoura

paternidade própria
exige manda tolhe
expulsa da ponta da pele
            do dedo
do pé
as explosões de ter
e sentir

tato cerâmico
busca infértil

gozar é fugir de
casa

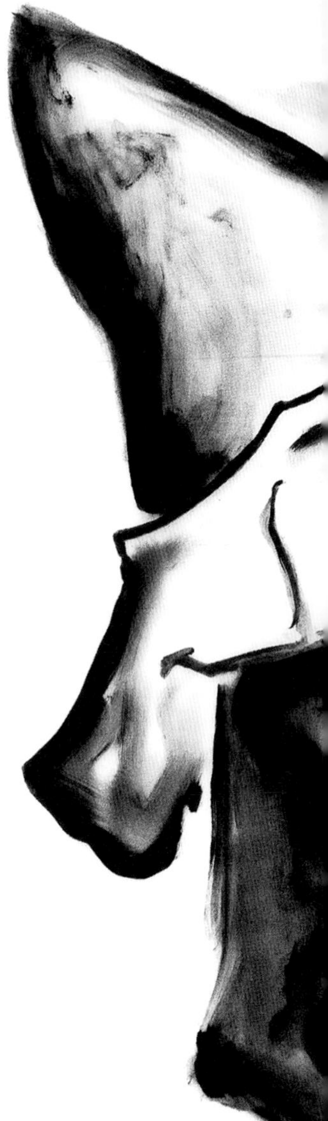

Ilha

aflição de estar
à deriva

cortado pelas ondas
que invadem
lambem a praia boca
branca

alcançar é erguer
pontes bambas

todo continente insiste em
se ver cercado

Linha

entrelaçado

fio que desponta

aflição do desfio
vai se tornando
leveza

os dedos trabalham têm
a ânsia por
soltar

vazio na colcha
que foi correr
o mundo

Canção

samba e síncope
só se emprestam
aos outros

nas paragens desertas
: apenas formas
de se mover

Espelho

vê-se
que não haverá
partida

sumir constante disfarçado
em contraste

adiar esse desencontro
que sabemos
ali

todo duplo
também é
godot

Foco

disperso e nublado
fosco
nas esquivas de
captura e
previsão

aéreo fincado no chão

quando névoa
e neblina

Réplica

como a rosa que é a rosa
ela mesma e nunca
seu signo

Portuñol

línguas enroladas dan-
çam tango
ao som
de buenos aires

voltas
          curvas
bamboleios

eixo próprio
invertido

o sul começa
onde surgimos

península asmática
escavada no peito

fazemos carnaval com os
guinchos
ao redor

o chiado abafa
qualquer dúvida
de procedência

Cronômetro

o primeiro choro
nos marca
aqui

foge motivo
fazer algo além
desse fôlego
caduco

Balé

pés já em posição

lance do tronco

romper outro vazio
e encontrar dentro
mais razão
pra rodopiar

queda seca

movimento mais quieto
equilibrado

nenhum levante
sem razão

Norte

condutores da imensidão
privada

o interior da rosa
é também
o caminho

Trejeito

o modo como você raspa
o cabelo
é o mesmo de quando você
espia pelos cantos
espana os
móveis
estica as pernas
mordisca as unhas
ofega exausto
soletra as vogais
pega o violão
e faz
cuscuz

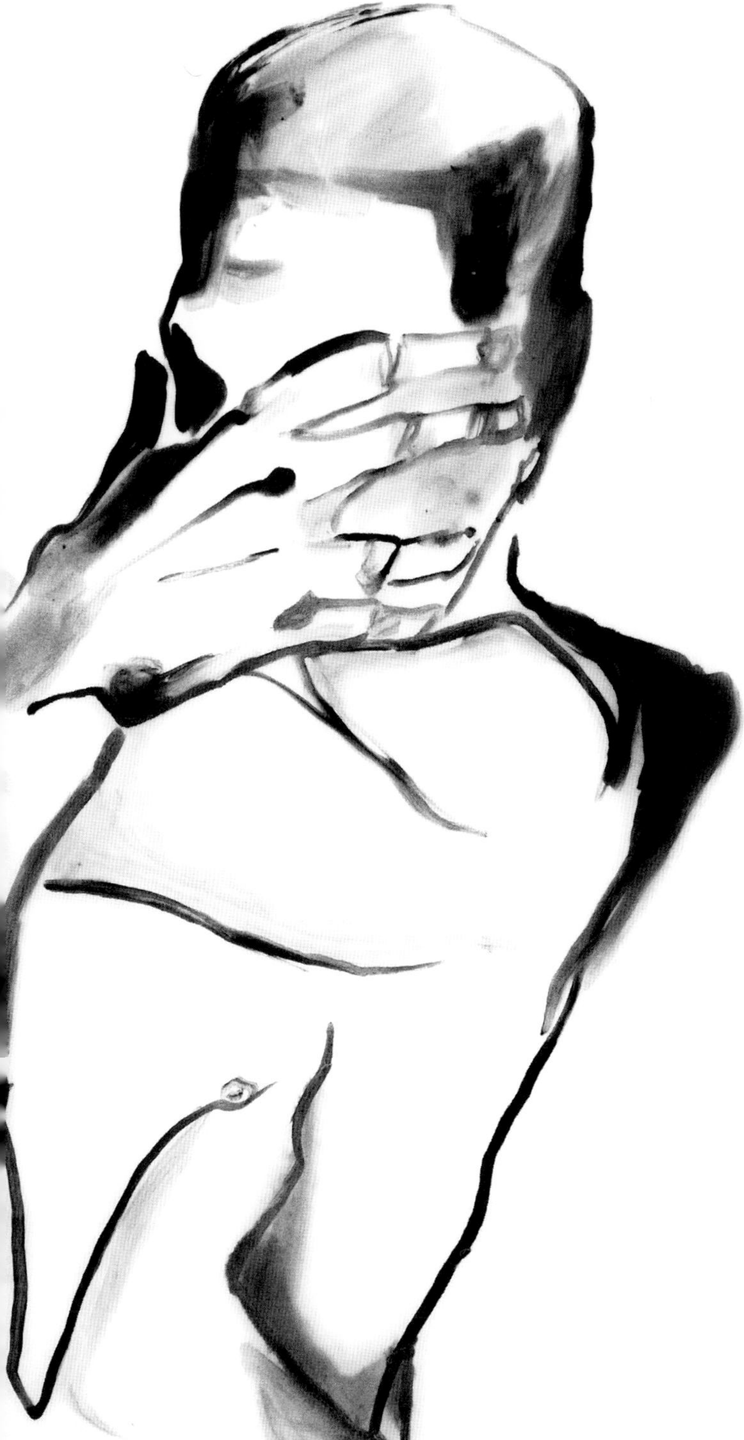

Limite

nem todo triatleta
toca o nariz
com a língua

existem bombeiros
daltônicos

alguns pintores têm
dificuldade
em fazer
feijão

em cada ausência
cada vez mais
pessoas
em negativo

Whitman

as multidões contidas
se conheciam
todas?

ou sentia esse estranhamento
mútuo
dentro de si?

: anônimos
ao encontro
das portas
eufóricos e aflitos

Savana

os baobás crescem assim
para olhar a distância
e avistarem os outros
baobás

o comprimento de seus galhos
não permite a proximidade
nunca

se miram, vaidosos
tomando-se
pelo olhar

visíveis mas
deslocados
nos desafiam
armados das
contradições
de sua condição

miúdos
tentamos ainda assim
nos fazer
baobá

índice

LESÕES

GESTOS

sobre o autor

Arthur Lungov é poeta e editor de poesia da *Lavoura,* revista de literatura contemporânea. Formado em Direito pela USP, atualmente é graduando em Letras pela mesma universidade. É autor de *Luzes fortes, delírios urbanos* (Patuá, 2016) e da plaquete *Anticanções* (Sebastião Grifo, 2019). Seus textos foram publicados em coletâneas e revistas literárias. Foi curador convidado da Casa Philos na FLIP 2018 e na Cadeia Literária na FLIP 2019.

Edição Bruno Zeni
Capa e projeto gráfico Sílvia Nastari
Revisão Carmen T. S. Costa
Tratamento de imagem Paulo César Pires Lamas
Ilustrações da capa e do miolo Mariana Reyna

A ilustração das páginas 92 e 93 é inspirada na série de esculturas em bronze *Arch of Hysteria* (1993), de Louise Bourgeois. Coleção The Easton Foundaion, Nova York.

Dados Internacionais de Catalogação na Publicação (CIP)
(Laura Emilia da Silva Siqueira CRB 8-8127)

Lungov, Arthur.
Corpos / Arthur Lungov; texto de orelha, Tarso de Melo; ilustrações, Mariana Reyna; capa e projeto gráfico, Sílvia Nastari. 1ª ed. – São Paulo: Editora Quelônio: 2019.
104 p.; 14 x 21cm.

ISBN 978-85-93229-58-9

CDU 821.134.3(81) CDD 869.91

Índices para catálogo sistemático:

1. Ficção: Literatura brasileira
2. Literatura brasileira: Poesia 869.91

Editora Quelônio

Rua Venâncio Aires, 1072
Vila Pompeia
05024-030
São Paulo - SP
www.quelonio.com.br

As ilustrações deste livro foram feitas com tinta a óleo e óleo de linhaça sobre papel vegetal por Mariana Reyna. As fontes utilizadas são Jenson e Univers. O papel da capa é o Cartão 250 g/m^2 e o do miolo é o Couchê fosco 90 g/m^2. Impressão em offset pela Bartira Gráfica, com tiragem de 1.000 exemplares. São Paulo, dezembro de 2019.